Voisins, voisines et Jules le chat

Barbara Constantine
Illustrations de Nadine Van der Straeten

Voisins, voisines et Jules le chat

RAGEOT

Une première version de ce roman
a paru dans *Je Bouquine,* n° 324, février 2011,
sous le titre *L'homme sans voix.*

Cet ouvrage a été imprimé sur un papier
issu de forêts gérées durablement.

ISBN : 978-2-7002-3804-4
ISSN : 1951-5758

© RAGEOT-ÉDITEUR – PARIS, 2011.
Tous droits de reproduction, de traduction et d'adaptation
réservés pour tous pays.
Loi n° 49-956 du 16-07-1949 sur les publications
destinées à la jeunesse.

Pour commencer, Diego dit...

... On a vraiment la pression, en ce moment. Entre les devoirs (surtout les maths), le projet secret (et là, comme son nom l'indique, on ne peut pas en parler) plus le nouveau défi que nous a lancé notre prof de français, on est dé-bor-dés !

Mais il faut le savoir, les défis, c'est son truc, à cette prof. Et nous, en général, on aime bien (nous : c'est-à-dire Samir, Benji, Ludo et moi, copains depuis le CP).

Ce nouveau défi, donc, c'est de ne plus dire un seul gros mot pendant un mois complet. Des vrais gros mots. Genre, je donne un exemple et après j'arrête, *c'est relou, sans déconner.* On peut dire *relou*, mais plus *sans déconner.*

Voilà. Pas vraiment fastoche, quoi.

Bon. On s'est engagés à le faire, alors maintenant on est obligés.

Parce que Mme Ruffec, elle a un dossier sur nous. Et si elle décidait de l'ouvrir, ça ne nous arrangerait pas. Vis-à-vis des parents, surtout. D'une certaine façon, elle nous tient un peu par les c… (Oui, je sais que le mot correct, ce serait testicules, mais je préfère les points de suspension pour l'instant. C'est bien d'y aller mollo au début, faut prendre le temps de s'habituer.)

Mais attention, on l'aime bien quand même, cette prof! On peut compter sur elle. C'est rare. Pas du tout le genre à faire un coup en douce, ou à nous planter un couteau dans le dos. Pas du tout. Là, par exemple, si on tient jusqu'au bout ce défi, on est sûrs que le dossier, pif paf, elle le fera disparaître, ni vu ni connu.

C'est marrant, quand on la voit la première fois, on se dit qu'avec un physique aussi difficile, elle doit forcément être du genre à se venger sur ses élèves.

Eh ben non! Pas elle.

Elle est vieille et plutôt moche, mais super cool. La plus cool du collège.

Et c'est nous qui l'avons comme prof principale! Le coup de bol!

Il y en a qui sont jaloux et qui ne se gênent pas pour nous le dire assez méchamment. Pour nous énerver, quoi.

Mais nous, on ne répond plus des vieux trucs comme avant.

Juste, on les pense et on sourit.

Et c'est ceux qui veulent nous énerver qui s'énervent !

(Entre parenthèses, il n'y a que nous et Mme Ruffec qui savons pour le défi.)

OK. Maintenant je me présente.

Je m'appelle Diego. Du côté de ma mère, ils sont espagnols, c'est pour ça qu'elle a choisi ce prénom.

J'adore pas. Mais bon. Diego Maradona et Don Diego de la Vega (Zorro, le vengeur masqué, pour ceux qui ne savent pas), c'est pas si mal comme références, finalement.

Là, il est six heures du soir. Ça fait un peu plus d'une heure que je suis rentré de cours et que je chatte avec mes copains. Je sais que je devrais être en train de faire mes devoirs (surtout les maths, à rendre demain!), mais on a un tas de trucs à régler avant.

On a décidé de ne pas trop parler de notre projet secret en public (on dit *sicrête prodject* entre nous, pour se marrer), parce qu'on voudrait éviter que les élèves du collège d'à côté nous piquent nos idées. Eux aussi préparent un truc. C'est un peu la compète.

La seule chose qu'on peut dire : c'est pour bientôt (la semaine avant Noël) et on est très très en retard sur son organisation!

Et je reprends le chat.
Diego
– Benji ? ta seur di koi ?
Benji
– c ok ac[1] sa copine !!!
Diego
– dla ball !!! el ta dit cb[2] ça dur sa zik ?
Benji
– je sorai 2m1
Ludo
– bien la meuf ?
Benji
– pa vu encor
Samir
– coi ? Ludo cherch lamourrrrr ??? LOL[3] !!!!!
Ludo
– mdr[4]
Benji

1. ac : avec.
2. cb : combien.
3. LOL (de l'anglais Laughing Out Loud) : rire à gorge déployée.
4. mdr : mort de rire.

– jve pa casser le délir mai les maths pr 2m1[1] qq1[2] les a fé ?
Diego
– pa oim
Samir
– ni oim
Ludo
– et oit ?
Benji
– jprefer prevnir c violent les mecs !!!!!
Diego
– dégouté

Alors, je sais, je vais le regretter. C'est à chaque fois pareil. Je devrais éteindre l'ordi MAINTENANT, prendre une grosse inspiration, ouvrir mon cahier, lire l'énoncé de l'exercice et accepter de sacrifier la soirée entière **et** un bout de la nuit **si** nécessaire (le « si nécessaire » est en trop, évidemment), bref, me prendre la tête avec ces maths de m… malheur.

1. 2m1 : demain.
2. qq1 : quelqu'un.

Mais c'est plus fort que moi.
Je remets tout à plus tard.
Et je continue de chatter.

Diego
– serieu fo penser o sketch entre les numero
Ludo
– oué c vrai
Benji
– jai pa d'idée
Samir
– jvou laisse jv bosser
Ludo
– kel lacheur !!!

*Exactement au même moment,
au coin de la rue.
Le voisin du 5ᵉ étage…*

… arrive en se traînant.
Il a le teint pâle et le dos légèrement voûté. On ne peut pas dire qu'il respire la joie. Il s'arrête devant la porte de l'immeuble, mais n'entre pas. Il a la tête qui tourne, alors il s'appuie contre la porte, les yeux dans le vague et la terrible impression de se noyer. Et puis, d'un coup, il refait surface, tape le code sur le clavier…

Un temps.

Ouf ! c'est le bon.

La porte s'ouvre lentement, il expire. Il entre, sans allumer la minuterie – pourtant, il fait sombre dans le hall – et malgré le manque de lumière, sa grosse fatigue et le poids du sac de sport qu'il trimballe, il se lance à l'assaut des étages. Concentré à mort.

Tête rentrée dans les épaules, il monte. Des repères sonores et olfactifs lui indiquent, sans qu'il ait besoin de vérifier, à quel étage il se trouve.

Au premier, série télé brésilienne, infos radio anglaise et chants berbères, tous réunis sur le même palier, le son poussé à fond.

Puis, chasses d'eau suivies de glouglous inquiétants et de relents d'eaux usées pour cause de tuyauterie vétuste au deuxième, et en bonus, fond-couloir-porte face, le couple bobo en grande forme.

Voix de femme :

– Vous êtes une ordure, Marc-Antoine !

Voix d'homme :

– Fermez-la, Caroline, ou je vous colle au plafond !

Au troisième gauche-porte droite…

– Oui… Oh oui… Ouiiiiiii…

Des nouveaux, sûrement. Fans de foot, peut-être.

Une porte s'ouvre à la volée sur le palier du quatrième qu'il vient de dépasser, libérant un doux parfum de pot-au-feu. Vlam ! Il sursaute, mais ne ralentit pas. Même pas un petit coup d'œil à Dolorès qui s'est arrêtée et le regarde monter, surprise.

– Monsieur Jim ? Vous... ?

Mais ce n'est pas du tout le moment. Il ne lui reste plus que quatre marches avant d'arriver au cinquième... plus que trois... plus que deux...

Elle lève le bras, comme si elle hélait un taxi.

– Vous êtes revenu ?

Il pose le pied sur la dernière marche, pousse un long soupir et disparaît. Dolorès laisse retomber son bras.

Elle pense : « Monsieur Jim ? Je ne comprends pas. De retour ? Normalement, il... C'est dingue, cette histoire. »

Elle referme sa porte, appelle les enfants :

– Diego ! Pépita ! Le monsieur du cinquième... On croyait qu'il était mort. Eh bien il est revenu ! C'est dingue, non ?

Diego dit...

... J'ai vaguement entendu ma mère dire quelque chose. Mais comme je n'ai pas envie d'interrompre le chat, je balance « Ah ouais, d'accooord » en laissant traîner la fin pour faire celui qui s'intéresse.

Après, je tends l'oreille, on ne sait jamais. Elle ne rajoute rien ? Ça a marché. C'est fou comme ce simple « Ah ouais, d'accord » me sauve de coups.

Surtout avec maman.

Elle déteste qu'on ne l'écoute pas quand elle parle. Ça fait partie des trucs qui la mettent en boule. Elle râle, ça dure des plombes et ça finit toujours pareil. Elle énumère tout ce qui ne va pas avec moi.

– Alors, non seulement tu n'écoutes jamais ce que je dis, Diego, mais en plus, tu ne fais pas ci… et pas ça… et patati… et patata…

Résultat, pour calmer le jeu, je me retrouve à devoir promettre des tas de choses, comme :
- ranger ma chambre,
- passer l'aspirateur,
- descendre la poubelle,
- vider le bac du chat…

Le problème avec « Ah ouais, d'accord », c'est que ça demande quand même un minimum d'attention. Là, j'ai bien saisi qu'elle parlait du monsieur du cinquième. Facile. Mais ça m'est arrivé de ne pas faire gaffe et de balancer tout tranquillement un « Ah ouais, d'accord », alors que le sujet était : vaisselle.

Ça refroidit.

Mais... Attends... C'est pas possible.

La petite peste vient d'entrer sur ma page perso !

Je crie vers le salon.

– PÉPITA ! Arrête ou je te déconnecte !

Elle pouffe.

– Tu peux pas !

– On n'est pas sur Wi-Fi, un câble, ça s'débranche, espèce de... bécasse !

– Maman ! Diego m'a traitée de bécasse ! C'est dégueulasse ! En plus, il veut couper le câble de ton ordinateur ! Il va le faire avec les ciseaux, j'en suis sûre. Viens vite !

Je lève les yeux au ciel, accablé.

– Mais j'ai jamais dit que...

– Ça suffit, vous deux. De toute façon, il est temps de faire vos devoirs. Allez hop, au boulot !

Je râle. Qu'est-ce qu'elle m'agace, ma sœur. C'est vrai qu'elle n'a que huit ans, mais elle sait déjà très bien comment s'y prendre pour me pourrir la vie. (Pourrir, c'est pas un mot vulgaire, ça ?… Ah non, c'est bon.)

Ma mère dit que nous sommes un frère et une sœur qui s'aiment.

Que nous ne le savons pas pour l'instant.

Mais qu'un jour, oui.

Dans cinq, dix, quinze ou même vingt ans. Évidemment, elle espère que ce sera dans moins…

Elle dit aussi que, ce jour-là, nous serons très contents.

Alors, primo : elle est terriblement optimiste, c'est dans sa nature.

Deuzio : ça m'étonnerait que ça arrive.

Tertio : tout le monde est d'accord avec moi, c'est une peste de première, cette Pépita.

Pépita dit...

... *Il m'énerve, mon frère, c'est pas possible.* Juste parce qu'il a douze ans, il croit qu'il sait tout mieux que moi ou que le reste du monde entier. C'est même pas vrai ! La preuve : sur son carnet de correspondance, son prof de maths a écrit *médiocre*. Et ça, ça veut vraiment dire qu'il est hyper nul.

En plus maintenant, maman est obligée de trouver quelqu'un qui va venir à la maison pour lui donner des cours.

Ça va coûter très cher, il paraît. C'est dommage, parce qu'on n'a pas beaucoup de sous. Mais le pire du pire, c'est quand il me traite de bécasse. Je déteste ce mot-là ! Je sais pas ce que c'est, mais je suis sûre que c'est moche. Et ça m'énerve tellement quand il le dit que maman est *obligée* de nous séparer. Sinon, ça pourrait finir… comme dans un film d'épouvante !

Elle, elle pense qu'on s'aime sans le savoir. Et qu'un jour – dans le moins longtemps possible (elle espère) – on sera contents d'être un frère et une sœur.

On dirait qu'elle croit au père Noël, des fois.

De toute façon, ça m'étonnerait que ça arrive.

Parce que le problème avec Diego, c'est qu'il préfère trop être celui qui commande. Et que moi, je préfère pas *du tout ça*!

J'ai des copines qui ont aussi des grands frères qui veulent les commander. Et elles se disputent pareil. Mais peut-être que les garçons sont jaloux des filles, et que c'est juste pour se venger qu'ils veulent tout le temps faire les chefs et nous énerver? C'est très possible.

En tout cas, les familles où on est plusieurs enfants, j'aime pas trop. Quand je serai grande, j'aurai qu'un seul bébé! Comme ça, il sera très content d'être un *enfant unique*, sans un grand frère pour l'ennuyer.

Bon, il y a des fois avec Diego où on s'entend bien, quand même.

Et aussi des fois où on ne se fâche pas du tout.

J'adore quand il me fait rigoler, quand on invente des blagues et quand on joue avec Jules, le chat de Monsieur Jim, ou qu'on invente des histoires de spectacles. Ah oui, ça j'adore.

Un bébé unique, c'est un peu nul.

Je vais réfléchir encore.

C'est pas pressé de me décider. J'ai le temps avant d'être grande.

Et puis, de toute façon, j'ai pas encore d'amoureux. Alors…

Au 5ᵉ étage (suite).
Quand Monsieur Jim est arrivé tout à l'heure...

... il a ouvert sa porte et il est entré chez lui. Il a lâché son sac, a fait quelques pas dans la pièce. Mais ses jambes ne le soutenant plus, il s'est laissé tomber sur une chaise. Une très très vieille chaise. Qui n'a eu à supporter personne depuis plusieurs semaines. Alors là, normal, à réception du bonhomme, elle a poussé un craquement déchirant.

Krrrouiiiik!

Mais ça va. Elle n'a pas pété.

Vieille, peut-être, mais encore solide.

Il faisait sombre. Normal aussi, les volets étaient fermés. Malgré ça, on devinait qu'il n'y avait presque rien dans la pièce. Trois meubles : la vieille chaise, une table de camping pliante et un lit une place. Point. Pas vraiment normal.

On en est là.

Alors maintenant, Monsieur Jim, qui a enfin retrouvé son souffle, relève la tête et regarde autour de lui. Très lentement, il se lève, se force à faire le tour de son petit deux pièces-cuisine-salle de bains. Ça va très vite. Il constate que l'appart est vide. Et paf ! ça lui claque le beignet. La première idée qui lui vient c'est qu'il a dû être cambriolé. Manquait plus que ça.

Ses jambes se dérobent encore une fois, il se rassied lourdement.

La chaise recraque.

Juste un petit *krouiik*, cette fois. Très discret.

Et Monsieur Jim lâche du lest.

Son visage se convulse, ses mains se crispent.

Sans bruit, il pleure.

Ses épaules dansent au rythme des sanglots. Muets, les sanglots.

Et ça dure…

Jusqu'à ce que quelqu'un frappe à la porte. Monsieur Jim se fige.

Puis il entre très vite dans la salle de bains, déroule un bon mètre de papier toilette, l'enroule autour de sa main, s'essuie les yeux, se mouche, inspire et va ouvrir.

C'est Dolorès. Ses yeux se plantent dans les siens : deux grands points d'interrogation. Un peu comme ça : ??

Monsieur Jim ne dit rien.

Silence.

Embarrassant.

– Monsieur Jim, je croyais que vous ne reviendriez plus ?

Il penche la tête et lève les sourcils. Ce qui, a priori, laisserait penser qu'il est en train de dire : *Ah ?* Mais comme il y met peu de conviction, ça laisse planer un doute. Du coup, on pourrait tout aussi bien traduire par un assez cavalier : *Et alors ?*

Dolorès balaie la question.

Elle montre du menton la pièce vide.

– C'est vide, hein…

Il soupire.

Elle aussi.

– Ça s'est passé il y a une quinzaine de jours. Votre fils est venu nous dire qu'il devait déménager, parce que vous… enfin… que vous étiez…

Elle hésite à terminer sa phrase. Ça la gêne d'utiliser le mot *mort*, alors qu'il est là, devant elle, et – malgré sa grande pâleur et son vieillissement prématuré – bien vivant. Ses yeux une fois de plus s'accrochent aux siens, avec les mêmes points d'interrogation qu'en entrant.

Donc encore un peu comme ça : ??

Toujours pas de réponse. Monsieur Jim reste immobile, sans expression. Il vient juste de comprendre. Ce grand vide, ce n'était pas un cambriolage. C'est son fils qui est parti en emportant tout.

Il sent que cette nouvelle pourrait complètement l'anéantir. Alors, très vite, il l'entraîne au plus profond de lui-même, l'enferme à double tour dans le secret de son cœur.

Dolorès attend, de plus en plus mal à l'aise face à son silence.

Enfin, il rouvre les yeux, la voit, va fouiller dans son sac de sport, en sort une ardoise et écrit dessus très vite :

Désolé, Dolorès.
Je ne peux
plus parler.

– Aaaah, c'est ça...

Elle est soulagée.

– Je m'étais imaginé des choses, moi. Mais c'est vrai que c'est embêtant, les extinctions de voix. Ça m'est arrivé il n'y a pas si longtemps et j'ai trouvé ça terriblement handicapant. Dans quelques jours, ça ira mieux, vous verrez. Vous devriez essayer le jus de citron avec du miel. C'est magique !

Il hausse les épaules, parce que... Mais non, ce serait vraiment trop long à expliquer avec juste une ardoise.

Elle, elle croit avoir compris qu'il fait partie de ces gens qui se moquent des médecines douces. Qui ne jurent que par les antibiotiques et en prennent pour tout, y compris pour des rhumes. Bon. Pas la peine d'être *relou,* comme diraient ses enfants. Elle laisse tomber.

– Je vais chercher votre chat. Il va être content de vous retrouver, le vieux Jules.

Elle dévale l'escalier, se ravise.

– Vous avez faim, peut-être ? Du pot-au-feu, ça vous dirait ?

Monsieur Jim fait non de la tête.

– Même pas un peu ?

Il refait non de la tête.

– Vous êtes sûr ?

Là, il fait une drôle de tête.

Alors elle dit :

– OK, OK, comme vous voulez. Mais…

En descendant l'escalier, elle pense qu'elle va faire celle qui n'a pas bien compris. Elle lui en montera une grande assiettée, tout à l'heure. Et elle la posera, l'air de rien, sur la table.

Discrètement.

Pour ne pas le gêner, bien sûr.

Et voilà.

Elle se sourit intérieurement, contente de son idée.

Diego dit...

... Nous sommes tous les trois réunis, debout, dans la cuisine.

Maman, Pépita et moi.

Et maman parle très très vite.

– Il a pris un sacré coup de vieux, le pauvre. Je n'ai pas osé lui demander ce qu'il avait, mais il a vraiment l'air malade. Quelque chose à la gorge, si j'ai bien compris. Et puis l'appart vide, c'est terrible. On dirait une cellule de prison. Ça ne doit pas aider, pour le moral. En plus...

Pépita et moi, nous l'écoutons d'une oreille. Le monsieur du cinquième nous intéresse moyennement. Son chat, par contre, oui. Alors Pépita pose la question fatidique.

– Et Jules ?

Maman hésite une seconde.

– Ben… on va devoir lui ramener.

– C'est dégoûtant !

– Enfin Pépita, c'est son chat. On a accepté de le garder et maintenant qu'il est revenu, c'est normal de lui…

– C'est pas juste ! En plus, c'est son fils qui est venu nous dire qu'on pouvait le garder parce qu'il ne reviendrait jamais !

– Oui… Je ne comprends d'ailleurs pas pourquoi il a…

– Sauf qu'on l'a cru. Alors maintenant, Jules, il est à *nous* !

– Chérie, ce n'est pas comme…

Mais la petite peste est déjà partie. Elle court en pleurant très fort dans le couloir et claque la porte de sa chambre. Slam !

Je regarde ma mère avec reproche.

– Pour une fois, je suis d'accord avec elle.

Maman tend la main pour me caresser la tête. Je grogne pour l'arrêter.

– M'man, ma coiffure…

Nous soupirons en même temps. Pas pour les mêmes raisons.

– Bon, je vais nettoyer le bac à litière avant de…

Et là, je balance plutôt méchamment :

– Il aurait mieux fait de mourir, le vieux !

– Diego !

Mais je suis déjà parti. Sans pleurer, je traverse le couloir et je claque la porte de ma chambre. Slam ! Un gros morceau de plâtre se détache du montant et tombe à mes pieds.

Je ne le ramasse même pas.

Maman reste seule au milieu de la cuisine.

Je suis sûr qu'elle a la gorge serrée.

Réveillé par les deux claquements de portes successifs, Jules vient forcément voir ce qu'il se passe. Il se frotte contre ses jambes, s'enroule, s'étire...

Rrrr...Rrrr...Rrrr...

Et ça ne loupe pas.

Elle fond. Je la connais par cœur, ma mère.

Son prénom, c'est Dolorès. En espagnol, ça veut dire *douleurs*. Je lui ai demandé pourquoi ses parents l'avaient appelée comme ça. Elle ne sait pas. Sa mère est morte il y a longtemps et son père dit qu'il ne se rappelle plus. C'est dommage, on ne saura jamais.

Douleurs...

Drôle d'idée.

Pourquoi pas *Regrets Éternels*, pendant qu'ils y étaient!

Retour au 5ᵉ (suite de la suite). Où Monsieur Jim se plante devant le miroir...

... de la salle de bains.

Parce qu'il veut regarder les choses en face.

Se coltiner avec la réalité.

Mais ça commence mal : sa tête reste baissée.

Alors, il cherche le courage de...
lever la tête,
et puis les yeux.

Il se houspille, s'engueule, s'insulte intérieurement. C'est dur, mais il finit par y arriver.

Et il se regarde enfin. Sauf que… ça fait un certain temps qu'il ne s'est pas vu, et il ne se reconnaît plus vraiment.

Trop vieilli.

Trop vite.

Difficile à encaisser. Bon, allez OK, il n'a pas le choix. « *Donc le vieux, là, c'est moi ?* » OK. OK. Ça commence à rentrer.

Quelqu'un frappe à la porte.

Toc toc toc.

C'est Dolorès.

Il remarque qu'elle a les yeux rouges. Elle lui ramène son chat. Et aussi le bac, un sac de litière, une boîte de croquettes et une assiette pleine à ras bord de pot-au-feu. Il se demande comment elle fait, avec juste deux mains, pour réussir à tout porter sans rien renverser. Il veut la décharger, alors il s'approche pour prendre Jules, mais le chat préfère sauter par terre. Il traverse la pièce au galop, grimpe sur le lit, s'assied bien au centre de l'oreiller et démarre sa toilette.

La grande toilette. Celle où il faut lever *haut* la patte pour atteindre les parties les plus intimes de son anatomie.

Un peu gêné, Monsieur Jim prend sa craie et écrit sur l'ardoise

Elle sourit.
— Mais non, c'est normal, entre voisins. Au fait, pour le départ de votre fils… Je suis désolée.

Il secoue la tête, l'air de dire : *ça va, ne vous inquiétez pas pour moi* et ouvre la porte, l'invite à partir.

– Si vous avez besoin de quoi que ce soit, n'hésitez pas. Avec Jules, ça s'est bien passé. Mais les enfants se sont beaucoup attachés, vous comprenez ? Voilà. Alors, bonsoir, monsieur Jim. Vous êtes sûr de ne pas avoir faim ?

Oui, il en est sûr.

Il la pousse gentiment dehors et referme vite la porte. Besoin d'être seul.

Il sait qu'il a vraiment de la chance d'avoir une voisine comme elle, mais là, d'un coup, il la trouve un peu casse-pieds. Ça fait longtemps qu'il n'est pas rentré chez lui, qu'il n'a pas vu son chat. Il a envie de le prendre dans ses bras, de le caresser, de se faire consoler.

Aussitôt qu'il s'approche, Jules lui tourne le dos et attaque une autre urgence : la lessive des pelotes de sa patte gauche.

Monsieur Jim sourit. Un tout petit sourire. Très léger.

C'est son premier sourire depuis qu'il est rentré.

Et ça lui fait sacrément du bien.

Merci, Jules. C'est ce qu'il aimerait dire…

Mais il ne peut plus que le penser, maintenant.

Diego dit...

... Ce soir, sans que ma mère ait eu à me le demander – c'est la première fois, j'avoue – je suis entré dans la cuisine et j'ai dressé la table. Un demi-cercle rabattable contre le mur, pour gagner de la place. Un peu comme tout ce qu'il y a dans cet appartement minuscule.

Et puis Pépita est venue mettre le couvert. Une première aussi pour elle. Quand elle a eu fini, sans dire un mot, on s'est assis et on a attendu.

Maman s'est douté que quelque chose de grave se préparait. Elle nous a servis, mais nous n'avons pas touché à nos assiettes. C'est là qu'elle a compris.

On faisait la grève de la faim.

C'était du sérieux.

Elle a essayé de nous amadouer.

– Vous croyez que ça m'a fait plaisir de ramener Jules ? Ça m'a brisé le cœur. Et est-ce que vous vous êtes demandé ce qu'il devait ressentir, le pauvre homme ?

Pépita et moi avons levé les yeux au plafond pour montrer notre ennui.

– Il revient chez lui, son fils est parti et il se retrouve tout seul. Vous vous rendez compte de la peine qu'il doit avoir ? On n'allait pas, en plus, lui kidnapper son chat !

Et j'ai éclaté.

– OK. Et pourquoi son fils nous a dit qu'il était mort, alors ?

– Ça, mystère et boule de gomme !

– C'est quoi cette vieille expression ? C'est nul.

– Ah bon ? On disait tous ça, quand j'étais petite.

– Oui, mais maintenant, ça fait vieux.

À ce moment-là, Pépita s'est raclé la gorge… *hum, hum*… puis elle a dit, en prenant un petit ton d'enquêtrice de police judiciaire de l'État de New York qui a une idée derrière la tête :

– Si on récapitule tout bien, il semblerait qu'il ait l'air d'être vraiment très très malade, ce monsieur, n'est-ce pas maman ?

– En effet, oui.

– Alors, c'est possible qu'il ne soit pas encore mort, mais… que ça ne va pas tarder ? C'est peut-être pour ça que son fils nous a dit ce mensonge, d'ailleurs.

– Euh… c'est possible.

Pépita a enfoncé le clou.

– Donc après qu'il sera mouru, Jules reviendra habiter chez nous pour toujours !

Maman est restée muette.

J'ai regardé mes chaussettes.

Et Pépita s'est jetée sur son assiette. Le pot-au-feu, elle adore ça.

Elle est vraiment grave, ma sœur.

Le lendemain après-midi...

... Samir et Ludo sont arrivés en retard et très agités au lieu de rendez-vous habituel, près de la boulangerie. Des élèves du collège voisin venaient de les coincer à la sortie des cours et avaient essayé de leur soutirer des infos sur l'organisation de leur projet secret (le fameux truc qui doit avoir lieu avant Noël).

Ils avaient espéré qu'en restant le plus discrets possible, ils arriveraient à éviter ces fameux raids de « piqueurs d'idées » dont leur avaient parlé des élèves des années précédentes. Mais quelqu'un avait dû vendre la mèche. Et leurs rivaux semblaient vraiment prêts à tout pour réussir leur propre truc d'avant Noël.

C'est donc seuls contre tous et très stressés que Samir et Ludo leur ont répondu que :

• ils pouvaient toujours se brosser pour qu'ils leur disent quoi que ce soit,

• ils ne parleraient que sous la torture !

• et ils n'avaient qu'à trouver des idées eux-mêmes, bande de nazes !

Bien entendu, les autres l'ont mal pris. Un échange assez vif a suivi, avec copieux usage de mots non autorisés par le défi de Mme Ruffec.

Quelques exemples : celui en trois lettres et commençant par **c**…, celui utilisé par presque tout le monde quand quelque chose ne marche pas et commençant par **m**… et puis celui se rapportant à ce qu'on appelle souvent le plus vieux métier du monde (commençant par **pu**…) et plusieurs autres.

Samir et Ludo, encore tout ébouriffés, ont bien expliqué : au départ ils avaient vraiment l'intention de rester cool et corrects, mais dans le feu de l'action ils avaient perdu les pédales. Pour finir, ils ont avoué en poussant un profond soupir que ça leur avait fait un bien incroyable de se lâcher ! Ils se sentaient libérés d'une grande tension intérieure. Et comme pour le prouver, ils ont été pris, d'un coup, d'un énorme fou rire.

Benji et Diego les ont regardés un moment sans rien dire. L'air méprisant. (En réalité, ils étaient un peu jaloux.)

Puis très vite, ils ont décidé de rentrer chez eux.

Samir et Ludo sont partis de leur côté, plutôt radieux.

Benji et Diego, de l'autre, et nettement moins.

Bilan de l'affaire : ce défi leur pèse.

Bon. À l'écrit, ça va. Mis à part les rédactions et les notes à prendre pendant les cours, ce ne sont pas vraiment de grands écrivains, ces quatre-là. Il n'y a vraiment que pour les textos et sur les chats que c'est ch… compliqué.

Mais le vrai problème, c'est l'oral ! Parler, c'est ce qu'ils font le plus. Et sans réfléchir. Surtout avec les copains, et puis les autres, au collège, dans la rue, à la maison, avec leurs frères et sœurs, en jouant à la console, au foot, au hand. Hyper difficile pour eux de faire attention tout le temps ! Alors, pendant trente jours… C'est vraiment long. Ils auraient dû négocier avec Mme Ruffec. Lui proposer deux semaines, ça aurait été largement suffisant. Mais ils ont dit oui, direct. Sur le moment, ils ont tous pensé que ce serait facile, que ça passerait vite.

Tu parles.

Maintenant, ils regrettent.

Et ils comptent les jours…

Comme des prisonniers purgeant leur peine. Tirent des traits.

Au 5ᵉ, Jules (le chat) fait un peu la gueule...

... parce qu'il trouve que chez Dolorès, Diego et Pépita, c'était beaucoup plus sympathique que chez Jim. Trois personnes pour lui tout seul. Des caresses, des câlins, des croquettes au saumon, des jeux tout le temps. Vraiment chouette.

Pour l'instant, il regarde Jim qui avance à quatre pattes au milieu de la pièce.

Pourquoi à quatre pattes ? Parce que, tout à l'heure, Jim s'est planté devant le miroir de la salle de bains. Il voulait essayer encore une fois de se dire quelque chose. Mais aucun son n'est sorti. Il a insisté. Longtemps. C'était pathétique.

Et d'un coup, il s'est énervé.

Il a giflé son reflet dans le miroir. Blam!

Puis il est sorti de la salle de bains, furieux, a donné des coups de pied dans la porte, dans le mur, dans le bac de la litière.

Qui s'est étalée partout dans la pièce.

Un désastre.

Il y en a jusque sous le lit.

D'où sa position. Il tente – sans pelle, ni balai (son fils a vraiment tout emporté) – de ramasser la litière avec ses pattes. Non, je rigole… avec ses mains, bien sûr.

Quelle idée de shooter dans le bac, quand même.

Évidemment, il doit être frustré de ne plus pouvoir parler.

Il ne pourra plus jamais donner ses cours au lycée, commenter les matchs de foot au café des Oiseaux avec les sportifs de comptoir, dire à son fils qu'il l'aime et qu'il ne lui en veut pas d'être parti et d'avoir tout emporté, me susurrer à l'oreille combien je suis beau et mignon, *mon p'tit Jules, mon gentil chamallow*, ou crier des slogans dans les manifs style : *É-tei-gnez-vos-té-lés, a-llu-mez-vos-cer-veaux !*

Fini pour lui, tout ça.

Pourtant, il n'y a pas que ça dans la vie, de parler avec des mots.

On peut dire les choses avec les yeux, aussi.

Ce serait bien qu'il s'entraîne.

Et puis il pourrait apprendre à ronronner. Ce serait drôle, ça.

Un homme qui ronronne !

Le succès qu'il aurait…

***Toujours au 5ᵉ,
quelques jours plus tard.
Il est cinq heures de l'après-midi…***

… et Jim dort encore, tout habillé sur son lit.

Le téléphone sonne. Il sursaute, décroche machinalement.

La voix à l'appareil dit :

– Allô ?

Sa bouche s'entrouvre pour répondre « Oui », mais aucun son ne sort, bien sûr. Ça le surprend, alors il raccroche brutalement.

Mauvais réveil.

Dix secondes plus tard, la sonnerie retentit à nouveau. Là, il tire sur le fil d'un coup sec et la prise s'arrache du mur.

Allongé sur son lit, il fixe le plafond. Gros coup de cafard.

Puis le bruit d'une cavalcade dans l'escalier, des *toc toc toc* à la porte, une voix légèrement essoufflée.

– M'sieur, m'sieur...

Jim reste immobile sur son lit. Il n'a pas envie d'aller ouvrir.

La voix se fait implorante.

– M'sieur, s'il vous plaît...

Il ne bouge toujours pas. La voix insiste.

– C'est moi Diego, votre voisin du dessous...

Jim ne peut plus faire le mort. Il n'a pas beaucoup de rapports avec les gens de l'immeuble, mais quand même, là...

Il va ouvrir.

Diego tient un paquet à la main.

– Il faut que je vous explique. Maman m'a demandé avant-hier... euh, non... *avant-avant-hier*, de vous monter ce paquet. Elle s'était arrangée avec le facteur. Et moi, eh bien, j'ai eu plein de choses à faire et j'ai oublié de vous le monter. Mais bon, voilà, le principal maintenant, c'est que vous l'aviez !

« Que vous *l'ayez* ! » pense Jim avec un geste d'agacement.

Il prend brusquement le paquet des mains de Diego et décroche le petit carton accroché au mur, à côté de la porte, sur lequel il y a écrit en gros :

MERCI

Diego est surpris.
– Ah d'accord.

Il essaie de se rappeler ce qu'a dit sa mère l'autre jour. Elle a parlé d'un problème de santé, mais lequel? Il ne se souvient plus très bien. De toute façon, il trouve l'attitude de ce monsieur très limite. Ce panneau qu'il lui colle sous le nez, là, sans même un sourire, ça le vexe. Alors il grogne :

– Et si vous tombez sur quelqu'un qui ne sait pas lire? Ou un étranger? Vous faites comment? Et si c'est un aveugle, hein?

Jim trouve que sa vie est déjà bien assez compliquée comme ça. Il va chercher son ardoise, écrit dessus :

– Ah d'accooord. Et ça va durer longtemps?

Jim efface l'ardoise avec sa manche et écrit en lettres majuscules :

Diego est choqué.
– C'est galère. Comment vous allez faire ?

Jim hausse les épaules et écarte les bras en signe d'impuissance.
– C'est dur de ne pas parler. Vous ne pouvez plus répondre au téléphone… demander votre chemin dans la rue ou des trucs dans les magasins. Mais bon, il y a les textos. Vous pouvez aussi chatter sur Internet. Vous faire plein d'amis. Vous ne savez peut-être pas comment ça marche ? Si vous voulez, je vous montrerai, c'est pas dur. J'ai appris à ma mère. Même elle, elle y arrive, alors…

Jim a l'air abasourdi.
Il ressort sa pancarte sur laquelle est écrit :

Ce coup-là, ils se sourient.
Se serrent la main, en silence.
Et Diego redescend chez lui.

Au 4ᵉ.
Dolorès, en train de faire la vaisselle...

... entend Diego entrer.
Elle crie :
– Ne claque pas la p...

Trop tard. Diego ne sait pas refermer les portes autrement. Toujours avec un grand coup de pied. (L'empreinte de ses chaussures est bien visible, il n'y a aucun doute, inspecteur, c'est lui.)

Après la porte d'entrée, il a fait subir le même traitement à celle de sa chambre.

L'une après l'autre, elles ont claqué et leurs chambranles ont dangereusement tremblé. Dolorès lève les yeux au ciel, prend un torchon et commence à essuyer les assiettes. Elle crie pour qu'il entende :
– Tu as fait tes devoirs, Diego ?
– Oui, m'man.
– Tous tous ?
– Oui oui.
– Même les maths ?
– Ben oui.
– Tu vas pouvoir ranger ta chambre, alors.
– Hum…
– Elle commence à ressembler à une poubelle.
– Ça ne me dérange pas.
– Attention, Diego. Je suis zen, mais il y a des limites.
– Bon d'accord, mais pas maintenant. Je viens de me rappeler que j'ai un truc à réviser pour vendredi. Je préfère prendre de l'avance…

Tout en parlant, Diego essaie d'ouvrir une enveloppe sans la déchirer. Il passe la pointe d'un compas sous le rabat. Pas très efficace.

Il cherche autre chose. Tamponne la languette avec un tissu humide. Après plusieurs essais, il finit par réussir à sortir la feuille pliée en trois.

Son anxiété monte d'un cran. Il s'agit de son dernier relevé de notes. Certaines remarques de professeurs sont soulignées de plusieurs traits de stylo. Il sent ses cheveux se dresser sur sa tête, malgré la grande quantité de gel qu'il a mis en se coiffant ce matin.

Dans la colonne de droite, pas mal de notes à un seul chiffre. Et en maths ? Ah c'est dur. Un 3 ! Il n'y a qu'en sport que c'est bon : 16 sur 20. Ce prof d'EPS sait encourager ses élèves, lui.

Dans l'entrebâillement de la porte, Dolorès passe la tête.

Diego cache le bulletin avec son bras.

— Quand tu auras fini de réviser, tu pourras jeter un œil sur mon ordinateur ? Il n'arrête pas de bugger.

— OK. Je vais regarder.

Quelque chose se déclenche. Les mots s'enchaînent dans sa tête : ordi, vieux, Monsieur Jim… et hop, il commence à avoir une idée.

En attendant, gentiment, il propose :

— Si tu veux, tu peux te servir du mien, y a pas de problème.

— Qu'est-ce qu'il t'arrive, mon Diego ? Tu fais tes devoirs, tu ne dis plus de gros mots et tu envisages de me prêter ton ordi ? Tu n'es pas malade, au moins ?

— Pffft ! N'importe quoi.

– Ah, tu me rassures ! En tout cas, c'est très sympa de me le proposer. Mais ce n'est peut-être pas une grosse panne. Tu me diras tout à l'heure, OK ? Je file faire des courses. Je serai de retour vers sept heures et demie. Bisous, mon doudou chéri.

Il soupire, agacé.

Dolorès s'en va.

Une fois la porte d'entrée refermée, il remet vite le bulletin dans l'enveloppe, recolle soigneusement le rabat et va le poser, avec le reste du courrier, sur le buffet de la cuisine.

Quelques minutes plus tard…

… Pépita déboule.

– Tu sais quoi, Diego ? Le vieux du 5e ? La concierge m'a dit qu'il était prof de maths avant d'être malade !

Et après un quart de seconde de réflexion, elle ajoute :

– J'ai décidé d'arrêter de lui donner des trucs empoisonnés.

– Comment ça, des trucs empoisonnés ?

– Des trucs plus à la bonne date.

– Qu'est-ce que tu racontes ?

– Ben, tu sais bien. Maman, elle dit toujours qu'il faut vérifier la date sur les paquets d'œufs, les yaourts et tout ça, avant de les manger, parce qu'on pourrait s'empoisonner si la date est dépassée. Alors moi, j'ai pris tous les trucs qu'on jetait à la poubelle, j'ai collé des gommettes sur les dates pour qu'on ne voie pas que c'était plus bon et je lui ai donnés, au monsieur du 5e.

Diego la regarde, effaré.

– T'inquiète pas, il sait pas que c'est moi ! Je posais les trucs sur son paillasson sans qu'il voie. De toute façon, ça n'a pas marché.

Elle s'appuie contre la porte.

– Et si tu lui demandais de t'aider à être moins nul en maths ? On sait jamais, ça débloquerait peut-être ton petit cervelas de moineau !

Elle glousse et part en courant vers sa chambre.

Ébranlé, Diego se dit que non seulement sa petite sœur est une peste, mais en plus, c'est une empoisonneuse. Comme dans son livre d'histoire : une Lucrèce Borgia ! Une Médicis !

Bon, primo : faire en sorte que Dolorès ne l'apprenne jamais. Ça l'inquiéterait vraiment trop.

Deuzio : à partir de maintenant, surveiller de très très près *tout* ce que fait Pépita.

Tertio : c'est une question de vie ou de mort.

Ah, la vache…

Pépita, ça veut dire *pépite* en espagnol. Comme une pépite d'or. Mais là, les parents sont vraiment mal tombés, elle ne vaut pas une thune.

Ils auraient mieux fait de l'appeler par un nom de poison : arsenic, cyanure ou belladone. Ça lui irait comme un gant.

*Pendant ce temps-là, au 5ᵉ.
Après avoir longuement hésité…*

… Monsieur Jim a fini par ouvrir le paquet que Diego lui avait apporté. Il a déchiré le papier très lentement. Et il a découvert la photo dans son cadre en bois. Celle où ils sont tous les trois, sa femme, son fils et lui, souriant à la caméra. La dernière qu'ils aient prise ensemble. Il l'a regardée longtemps. Ses yeux se sont embués.

Et les souvenirs l'ont assailli.

Et puis il a trouvé le bout de papier plié en quatre. L'a ouvert. A lu les quelques mots griffonnés.

> Je ne veux pas te voir partir comme maman. C'est trop dur.
> J'ai vendu tout ce que je pouvais pour payer le voyage. Le reste, je l'ai donné. Marie et moi, nous allons vivre en Australie, au milieu du désert et des kangourous.
> Adieu papa.
>
> Matthieu

Et en bas, en tout petit…

> Je garde une copie de la photo. L'emporte avec moi, là-bas.
> Pardon.

Il a attendu que la vague d'émotion se dissolve avant de raccrocher le cadre avec la photo.

Le clou était toujours à la même place. Fiché dans le mur, juste en face de son lit. Pour qu'en ouvrant les yeux, ce soit bien ce qu'il voie en premier.

Chaque matin, du reste de sa vie.

Au 4ᵉ, il est maintenant 19 h 29, et...

... Diego finit de démonter la dernière pièce de l'ordinateur de sa mère. Pour quelqu'un de normal (c'est-à-dire quelqu'un qui, comme la plupart des gens, n'a jamais osé regarder à l'intérieur d'un ordi), c'est une vision d'apocalypse. Alors quand Dolorès arrive pile à 19 h 30, sa première réaction est de pousser un long et douloureux hurlement.

Mais Diego lui explique très calmement : il a été *obligé* de tout sortir pour faire son diagnostic. Malheureusement – il fallait s'en douter, vu l'âge de la machine – c'est la pièce la plus importante de l'ordi qui fatigue.

Dolorès n'y connaît rien.

Les larmes aux yeux, elle gémit :

– Mes fichiers ? Toutes mes traductions ? Il ne reste plus rien ?

– Mais si. J'ai tout copié sur ta clef USB avant de démonter, évidemment.

– Oh, merci mon chéri. J'ai eu une de ces trouilles !

Diego revient à la charge.

– Pour le prix de la pièce, je suis allé voir sur Internet, et franchement, m'man, si t'achètes un ordi neuf, ça te coûtera moins cher.

– Ah bon ?
– J'ai pas cours demain. Deux profs malades. On peut y aller ensemble, je t'aiderai à choisir, si tu veux.
– Ah oui, ce serait bien. Mais changer d'ordi, en ce moment… aïe, aïe… Ça va être serré, ce mois-ci.

Diego lui repropose gentiment le sien, en attendant.

Elle accepte.

Trop de boulot en retard, pauvre maman.

Dolorès dit...

... Je dois absolument terminer cette traduction avant la fin de la semaine. Si Diego n'avait pas réussi à tout sauvegarder, je ne sais pas comment j'aurais fait. Il est vraiment doué en informatique, mon petit bonhomme. En mécanique, aussi. Il arrive à démonter et à remonter n'importe quoi. C'est impressionnant.

Je me demande d'où il tient ça. Parce que, de ce point de vue, il ne ressemble pas du tout à son père. Qui a plutôt deux mains gauches dès qu'il s'agit de bricolage, lui.

Bon.

Je m'attendais à ce que cette vieille machine me lâche. Mais, pile ce mois-ci, c'est raide. Pépita va devoir attendre pour ses nouvelles chaussures et Diego pour les cours particuliers de mathématiques.

Le plus dur, ce sera quand je leur annoncerai qu'on ne partira pas en Espagne à Noël. Là, je leur expliquerai très vite que ce n'est pas grave. On se rattrapera aux vacances de février. Ou à Pâques.

Ce sera encore mieux à Pâques, vous verrez, les enfants. Il fera plus beau, plus chaud. On ira au bord de la mer, marcher pieds nus dans les vagues. Après, si on a envie, on campera dans la petite bergerie du père Vicente, là-haut dans la montagne. Et le matin, on se lavera dans l'eau gelée de la rivière et après on courra tous en criant et en grelottant de froid, pour trouver la meilleure place sur les rochers chauffés par le soleil.

Et puis, quand on aura faim, on descendra voir Carmen et Horacio, au village, et on les aidera à préparer la meilleure *paella valenciana del mundo*!

Et puis... et puis...

Il faut que je me concentre, maintenant.

J'en étais où?

Ah oui.

Más vale pájaro en mano que cien volando. Mieux vaut un oiseau en main que cent qui volent. En français, on dirait : il ne faut pas vendre la peau de l'ours avant de l'avoir tué.

Mais c'est plus joli avec les oiseaux.

Il faut vraiment que...

Oui, vraiment. Il faut que je réfléchisse au moyen de donner envie aux enfants d'apprendre l'espagnol.

Parce que…

C'est important de savoir parler plusieurs langues.

Surtout une belle, comme celle-ci.

Le lendemain, au 4ᵉ.
De retour du magasin…

… Dolorès s'installe devant son nouvel ordinateur. Elle est ravie. Il est beau, petit, léger et pas si cher que ça, finalement. Bien sûr, Diego a eu la honte devant le vendeur quand elle a choisi celui couleur rose-barbe-à-papa. Mais c'était pour elle, alors il n'y avait rien à dire.

Et c'est ce qu'il a fait. Il n'a rien dit.

Elle se remet au travail avec le sourire. Elle est contente. C'est le principal.

Diego, lui, suit son idée. Il sort de l'appartement en emportant le carton rempli avec les pièces détachées de l'ancien, monte d'un étage, frappe à la porte de Jim, pose le carton sur le paillasson et redescend chercher l'écran.

Jim ouvre enfin. À l'évidence, il vient de se réveiller. Il est tout chiffonné et ses cheveux sont en pétard.

Diego passe devant lui et pose le matériel sur la table.

Aussitôt, Jules arrive en miaulant, se frotte contre ses jambes, se roule à ses pieds.

Jim se vexe. Lui n'a plus droit à ce traitement de faveur de la part de son chat depuis qu'il est rentré de l'hôpital. Et ça lui manque beaucoup.

– Je vais vous apprendre à vous servir d'un ordi, monsieur. Vous avez des tournevis de précision ?

Jim le regarde, ahuri.

– Vous n'en avez pas ? Je redescends en chercher, alors.

Jim prend son ardoise et écrit fébrilement :

C'est quoi, tout ça ?

Diego fait celui qui ne comprend pas.
– C'est quoi, quoi ?

Jim pointe un doigt vers le carton de pièces détachées.
– Ça ? Eh bien, c'est votre futur ordinateur. C'est de la récup', je me suis dit que c'était une bonne occasion pour vous.

Jim fronce les sourcils.

Mais Diego a déjà préparé ses arguments.
– Vous en avez un ? Vous avez de quoi vous en payer un neuf ? Non ? Bon, ben alors voilà. Celui-ci est gratuit.

Jim a l'air sceptique.

Diego dévale l'escalier, va chercher ses tournevis et revient. Il s'installe devant les pièces détachées.

– Je n'en ai pas pour longtemps, vous verrez.

Jim attend, assis sur le bord du lit. Diego remonte l'ordi, sans un mot. Seul le ronronnement de Jules, qui s'est installé sur ses genoux, brise le silence. Une provocation de plus aux oreilles de Jim.

Une heure plus tard, habillé, coiffé et rasé, Jim écrit sur l'ardoise :

Je dois y aller.
Claque la porte
quand tu pars.
Merci Diego.

Jim va à l'hôpital pour son traitement...

... *comme chaque jour depuis sa sortie.*

La séance de soin terminée, comme chaque jour aussi, l'infirmière le salue et lance d'une voix trop pointue :

– À demain, Monsieur Jim !

Ça lui agace les dents comme l'acidité d'un jus de citron. Et il s'éloigne en grimaçant.

Dans un square, il s'assied, sort une boîte de médicaments de sa poche, prend deux cachets.

Puis il s'appuie au dossier du banc, en attendant qu'ils fassent de l'effet. Que ses nausées s'estompent.

Son doigt caresse l'emballage machinalement, passe sur les petits picots du texte en braille. Il ne connaît pas le braille. Mais il n'est pas aveugle, lui. Juste muet. Alors pour l'instant, il préfère s'intéresser aux nuages au-dessus de sa tête. Des cumulonimbus, il pense. Il n'en est pas complètement sûr.

Une petite vieille s'assied à côté de lui. Elle aimerait causer avec quelqu'un, égayer son après-midi.

– Ha heum... Belle journée, n'est-ce pas ?

Jim ne bouge pas. Il fait le sourd.

Elle regarde, comme lui, vers le ciel.

– C'est bien ce que je disais ! Ces nuages-là, au-dessus de nous, ce sont des nuages de beau temps. Des cumulus humilis, voyez-vous ?

Jim reste immobile.

Un ange passe.

Elle essaie autre chose. Plus direct.

– Vous avez l'heure, monsieur, s'il vous plaît ?

Il lui fait signe que non.

Elle fronce les sourcils et lui lance un regard courroucé. Elle a bien vu sa montre et déteste être prise pour une gâteuse !

Navré, Jim soupire et tend son poignet pour qu'elle lise l'heure elle-même. Ça lui fait une belle jambe, à la vieille dame. Elle a laissé ses lunettes à la maison !

Alors elle rouspète :

– Quel goujat, vraiment.

Et s'en va en grommelant entre les dents :

– Gougnafier, malotru, cuistre…

Ça n'amuse pas Jim. Déjà qu'il n'est pas très gai, ça l'abat même un peu plus. Il finit par s'arracher du banc et s'éloigne, le dos voûté.

Quand Jim arrive chez lui…

… il est plus de cinq heures.

Il ouvre la porte et s'arrête net.

Diego est toujours assis devant la table, un tournevis à la main. Mais il n'est plus seul. Maintenant, ils sont quatre. Ils se sont tous tournés vers lui en même temps, les yeux écarquillés. Comme quatre lapins pris dans le faisceau des phares d'une voiture, la nuit, sur une route de campagne.

Jim éclate de rire.

Ils le regardent, encore plus mal à l'aise, à cause de ce rire muet.

Diego, l'air démoralisé, montre l'ordinateur.

– Il y a un problème.

Samir, Benji et Ludo, plus optimistes, reprennent la main.

– Passe-moi le tournevis, Dieg... Ah, tu vois ? Cette vis, elle n'est pas serrée...

– Mais non, je suis sûr que c'est pas ça, le problème.

– Mais si ! Tu paries ? J'ai déjà eu la même panne avec le mien. Tu vas voir. Il suffit d'enlever ce truc, là, et de débrancher celui-là. Alors ? Ça s'allume, maintenant ? Non ? Ah ben, j'comprends pas. Normalement...

Diego s'énerve.

– J'y ai passé tout l'après-midi ! Ça me fait vraiment ch…

Il n'a pas le temps de terminer sa phrase. Ses copains le foudroient du regard. Après une seconde de surprise, Diego hoche la tête et murmure, petit sourire en coin :

– Merci, les gars, merci…

Ils se tapent dans les mains.

– On reviendra demain pour finir le travail, Monsieur Jim, OK?

Sans lui laisser le temps de prendre son ardoise pour répondre, Diego pose délicatement le chat sur le lit, remballe très vite tous les bouts d'ordi dans le carton, le range dans un coin de la pièce, revient caresser le chat une dernière fois et sort de la pièce comme un éclair, entraînant les autres dans son sillage.

Jim reste un long moment sans bouger. Puis il soupire.

Ça y est, la poussière soulevée par les sabots des fougueux destriers retombe lentement. Le calme revient peu à peu. Il va pouvoir enfin profiter de sa petite oasis perdue au milieu du désert...

Il s'assied et pose son sac, si lourd, si lourd, s'allonge sur le drap de sable chaud et doux comme la caresse du zéphyr...

Il va essayer de dormir le plus longtemps possible.

Récupérer ses forces.

Oui, des forces...

Son traitement est si... fatigant... fatigant... fatigant...

*Le lendemain, au 5ᵉ.
Après les cours...*

... Diego est retourné chez Jim.

Pendant plus d'une heure, sans faire de bruit, il a essayé de remonter l'ordinateur.

Et puis Samir, Benji et Ludo ont gratté à la porte. Il leur a discrètement fait signe que le vieux essayait de dormir et qu'il fallait éviter de le déranger. Jim avait la tête enfouie sous les couvertures. Ils se sont mis à chuchoter.

Mais d'un coup, Jim a bondi hors du lit. Il trouvait qu'il y avait trop de monde chez lui. S'il avait pu parler, il leur aurait demandé de partir sur-le-champ!

S'il avait pu crier, il leur aurait peut-être balancé quelque chose de méchant, comme : *Cassez-vous, bande de morveux!* Mais là, il n'avait même plus la force de chercher son ardoise, encore moins d'écrire dessus : *S'il vous plaît, laissez-moi seul, je vous en prie, partez...*

Après son départ, les garçons ont continué de chuchoter entre eux.

– Il fait tièpe, hein...

– Ah ouais.

– Oh! Vous avez vu? Il ne se sert même pas de sa chambre, elle est complètement vide. Il n'a plus de famille, alors? Ça craint...

– Ah bon? Il était prof de maths?

– Si je pouvais plus parler, je crois que je préférerais être mort. Pas toi?

– Non, pas moi.

– Ouais, t'as raison, moi non plus. Mais en même temps ça doit être cool de plus parler, des fois, non?

– Peut-être, je sais pas...

Ils ont travaillé sur le montage de l'ordi tous les quatre jusqu'à ce que Jim revienne. Mais ils n'ont pas réussi à faire démarrer la machine. Ils sont partis assez dépités.

Sur le palier du 4e, ils se sont arrêtés pour discuter. Ils étaient d'accord avec Diego, il fallait vraiment trouver le moyen de faire marcher cet ordinateur. Parce que c'est vrai, le pauvre, ça devait être hyper dur de ne plus pouvoir parler. Mais bon, c'était en train de leur bouffer tout leur temps ! Leur *sicrête prodject*, si ça continuait, il allait finir à l'eau. Mme Ruffec leur en voudrait de ne pas avoir assuré.

Ils en étaient là de leur réflexion quand Samir, d'un coup, s'est rappelé qu'il avait un cousin qui était une vraie pointure en informatique. Il a dit qu'il allait l'appeler et lui demander s'il pouvait passer samedi.

Ça les a drôlement soulagés.

Samedi, Diego dit...

... En moins de cinq minutes, Kader, le cousin de Samir, a trouvé ce qui n'allait pas. Il est très fort. C'est normal, il a dix-huit ans, lui. Mais si j'avais eu un tournevis testeur comme le sien, je suis sûr que j'y serais arrivé moi aussi.

Il faut vraiment que je m'en achète un.

En tout cas, quand Monsieur Jim s'est assis devant l'ordi, je me suis rendu compte qu'il savait déjà très bien s'en servir. Il tape avec tous les doigts et hyper vite. C'est impressionnant. Un peu comme le vieil accordéoniste qui fait la manche le matin, en face de la boulangerie. Il ne regarde même pas les touches ! (Et il y en a cent cinquante sur son accordéon. Je le sais, je lui ai demandé, une fois.)

Le premier truc qu'a écrit Monsieur Jim, ça a été pour nous demander, à Samir, Benji, Ludo et moi :

– Ça marche avec les maths, les gars ?

Et nous, on a répondu, un peu gênés :

– Euh pas trop, non...

Alors il a écrit :

– Parfait. Quand commençons-nous les cours ?

On a ri un peu nerveusement. Évidemment, on n'est pas très fiers d'être complètement nuls en maths. Mais surtout, on a bien compris à ce moment-là qu'on ne pouvait pas refuser. Parce que c'est la seule façon qu'il a de nous remercier pour l'ordi.

Ah la vache ! Le piège...

Juste au moment où on allait repartir, Pépita est arrivée. Elle apportait une tarte aux pommes que maman avait préparée. Je l'ai repoussée discrètement sur le palier pour lui demander si la tarte n'était pas empoisonnée. Elle a juré que non.

Je lui ai quand même demandé de croquer dans sa part en premier. Elle a pris une bouchée en me regardant dans les yeux, mais j'ai préféré attendre qu'elle l'ait avalée avant de laisser les autres se servir.

Après ça, elle s'est assise sur le lit – sans demander la permission à Monsieur Jim, évidemment – et Jules est monté direct sur ses genoux. Il s'est mis à ronronner très fort et à lui faire des tas de câlins. On aurait vraiment dit qu'il avait choisi Pépita, à ce moment-là.

J'ai regardé la tête de Monsieur Jim. Il avait l'air triste.

Ça se comprend.

Il est tout seul, son fils est parti, personne ne vient jamais le voir, il est très malade, son appart est presque vide, il n'a plus de boulot et son chat préfère Pépita.

Ça fait beaucoup, c'est sûr.

Maman est arrivée après. Elle a reconnu son vieil ordinateur posé sur la table, mais elle n'a rien dit. Ma *reum* est vraiment sympa.

Et puis, Pépita a demandé à Monsieur Jim s'il connaissait un jeu de mime. Il a hoché la tête pour dire non et elle a sauté sur l'occasion pour lui proposer de lui en apprendre un. Et nous, on en a profité pour se carapater, Samir, Benji, Ludo et moi. (Ça va, on a vérifié, c'est pas un gros mot, carapaté.)

On est allés faire un foot. On avait besoin de se défouler.

Le soir, au dîner, maman et Pépita m'ont raconté qu'elles avaient joué jusqu'à tard avec lui et qu'elles avaient drôlement bien rigolé. Qu'il n'était pas très doué pour le mime, le vieux, mais que c'était justement ça qui était *trop super marrant, j'te jure!*

Pépita dit...

... Ah oui, vraiment trop super marrant, ce Monsieur Jim ! Il n'avait jamais joué à un jeu de mime avant. Alors je lui ai montré.

J'ai commencé par faire le singe. Trop fastoche. Même les bébés arrivent à trouver ça. Après, j'ai fait le serpent. Fastoche aussi. Il faut juste ramper par terre en gardant les bras bien collés contre les côtés et tirer la langue très très vite.

Maman a fait un peu la tête. Je la connais par cœur. Elle déteste que je m'allonge par terre n'importe où. Elle dit qu'il y a plein de microbes invisibles à l'œil nu qui rendent les gens malades. Ils s'accrochent aux semelles des chaussures quand on marche dans la rue, on les ramène à la maison sans se rendre compte et quand on s'allonge par terre, crac ! ils nous sautent dessus. Moi, je dis que c'est pas grave, puisque après on prend une douche et on met nos affaires sales dans la machine à laver. Mais elle s'inquiète quand même.

De toute façon, c'est son problème dans la vie : elle a peur qu'on attrape des maladies, Diego et moi.

Maman, c'est comme une mère poule. Tellement elle aime ses poussins, elle voudrait qu'on meure jamais.

Ça se peut pas, mais elle, elle préférerait, bien sûr.

Alors on fait attention de ne pas tomber malades très souvent. On ne sort jamais avec les cheveux mouillés en hiver après la piscine. On ne se sert pas des mouchoirs de ceux qui ont un rhume. On ne mange pas des trucs plus à la bonne date…

Cette année, on a eu une gastro, Diego et moi. C'est tout. On est très costauds.

C'est ma tante Soledad qui l'a dit.

Soledad, ça veut dire *solitude*.

Eh ben, je suis sûre qu'abuelo Juan et abuela Consuelo l'ont appelée comme ça parce qu'ils avaient décidé d'avoir un seul bébé en tout. Mais paf! maman est arrivée juste après. Et là, c'était trop tard, ils pouvaient plus changer de prénom.

Ils ont pas très bien calculé leur coup, eux.

Moi, quand je serai grande…

Oh, et puis je m'en fiche. C'est dans trop longtemps.

Dimanche, Diego dit...

... Nous avons proposé à Monsieur Jim de ne commencer les cours de maths qu'après les vacances de Noël. Il est d'accord. On lui a expliqué que c'était le coup de l'ordi qui nous avait fait perdre du temps, et donc maintenant on devait le rattraper en se concentrant sérieusement sur notre truc... notre affaire... notre *sicrête prodject*, quoi. Il a écrit : *Je comprends*.

Depuis qu'il peut dialoguer avec nous, à travers l'écran, on se rend compte qu'il est assez bavard.

Alors les cours, ça va ?

– Oui, on se débrouille. Mais c'est notre niveau en maths qui pencherait plus vers le médiocre que vers le passable, vous voyez ce que je veux dire ? (C'est moi qui lui ai répondu ça. Je ne suis pas sûr qu'il ait bien saisi notre degré de nullité. Ça m'inquiète.)
Et les devoirs ?
– Ben, on passe des heures à chatter sur Internet après les cours et *même* les soirs où il y a des devoirs à rendre pour le lendemain ! (Ça c'est Benji, dans un de ses regrettables moments de sincérité.)
Et au collège ?
– Vous savez, madame Ruffec, elle a un dossier sur nous. Elle nous a pécho un jour dans les toilettes du collège en train de fumer des cigarettes. Ça nous avait tous donné envie de vomir tellement c'était dégueu... euh... je veux dire... dégoûtant... et en plus, en jetant les mégots, on a mis le feu à la poubelle ! (Ça c'est Ludo. Franchement, je ne sais

pas comment il a fait pour survivre à nos trois regards de psychopathes!)

Et votre sicrête prodject?

– On n'a pas encore trouvé d'endroit pour faire nos réunions, parce qu'on vit tous dans des apparts minus-riquiqui, vous comprenez? Sauf Ludo, mais c'est dommage, ses parents ne veulent pas qu'il invite de copains. Ils ont peur qu'on salisse tout. Ils doivent nous prendre pour des sauvages. (C'est Samir qui a dit ça.) Vous savez, on ne peut pas vous parler de notre projet, parce que c'est secret. Vous avez compris? C'est pas parce qu'on ne *veut* pas, mais parce qu'on ne *peut* pas. (Encore Samir. Il était assez mal à l'aise, après ça. C'est vrai que c'est nul de parler de secret, quand il n'y a rien à cacher vraiment. On est d'accord. On lui dira tout, demain.)

En attendant, on lui a parlé de Mme Ruffec.

On a dit : Mme Ruffec, c'est notre prof principale. Elle est assez vieille, un peu moche, mais très sympa. Elle a toujours des défis à proposer. Elle aime bien aussi nous donner des responsabilités pour voir comment on se débrouille. Ça l'intéresse. Avec les comités, par exemple. On en a organisé cinq. Elle nous a laissé choisir les noms et tout ce qu'on voulait y faire. Il y a :

- le CLEJ : le Comité Lecture Et Journalisme,
- le HS : le comité des Handicaps et des Sports,
- le ACHE : le comité d'Actions Civiques, Humanitaires et Écologiques,
- le SPIM : le comité de la Santé Physique, Intellectuelle et Mentale, et...
- le CDSDC : le Comité Des Spectacles Du Collège. C'est le nôtre. Samir, Diego, Benji et Ludo.

Sauf que dans la classe, on était trente et qu'il fallait être six par comité, il nous restait donc deux personnes à trouver. Et on est tombés sur Audrey et Clélia. Les deux filles les plus flemmardes de tout le collège ! Pas de bol.

Mme Ruffec tenait beaucoup à la parité. Trois garçons et trois filles. On aurait été obligés de se séparer.

Alors on a négocié.

On lui a bien expliqué qu'on n'avait rien contre la parité, au contraire ! Mais il valait mieux attendre que les choses se fassent progressivement et *surtout*, éviter de l'imposer par la force. Parce que ça provoquerait obligatoirement des réactions de rejet, des batailles de pouvoir, des conflits intestinaux.

On n'est pas très forts en maths, mais question diplomatie, on est imbattables.

Nous, ça a marché, mais pour le CLEJ (le Comité Lecture Et Journalisme), elle n'a pas lâché !

Il n'y avait que des filles, au début. Ça lui a pris du temps pour convaincre des garçons d'y entrer. Mais elle y est arrivée. Elle leur a donné l'idée de développer la rubrique sportive du journal sur deux pages. Elle leur a expliqué comment se débrouiller pour trouver des places gratuites pour des matchs de foot. Comment préparer des reportages. Elle leur a dit d'aller dans les stades et d'oser interviewer des vrais joueurs.

– Pourquoi pas Yoann Gourcuff, Marvin Martin ou Mathieu Valbuena ?

Ça les a emballés. Ils se sont vus d'un coup concurrencer *L'Équipe* ! Elle est forte, cette prof.

Quand on s'est arrêtés de parler, il faisait nuit dehors.

On a remarqué que Monsieur Jim était très pâle, qu'il tremblait comme s'il avait froid. Il a quand même écrit qu'il trouvait tout ça intéressant, qu'il aimerait bien en reparler avec nous une autre fois. Mais là, il était tard et il avait vraiment besoin de se reposer.

Il a ajouté : *Au fait, si vous voulez faire vos réunions dans la chambre vide, je suis d'accord. Si elle n'est pas trop minus-riquiqui pour vous, bien sûr.*

Samir a rougi et lui a serré la main en premier.

On a suivi.

Et on est tous rentrés chez nous.

Avec la banane.

Et un petit pincement au cœur, aussi.

Fatalement, pendant le trajet pour rentrer chez lui…

… Samir a pensé à son grand-père qui était mort l'année dernière.

Il s'est rappelé qu'à la fin il était bien plus maigre que Monsieur Jim. Il était plus vieux. Et plus chauve, aussi. Un soir en se couchant, il avait encore des cheveux. Le lendemain matin, crac ! la boule à zéro. À cause du traitement qu'il prenait.

Monsieur Jim, lui, ça allait. Il en avait encore pas mal.

Mais, il s'est demandé, si jamais sa maladie empirait, comment il ferait tout seul pour se soigner ?

... Benji, lui, a pensé aux vacances.

À celles qu'il aimerait passer avec ses cousins. À la montagne, comme l'année dernière. À faire de la luge et des batailles de boules de neige.

Qu'est-ce qu'ils avaient rigolé ! Même après qu'il s'était cassé la jambe. Ils s'étaient tous relayés à son chevet. Cool, d'avoir ses cousins, ses copains, ses parents autour de lui.

Mais Monsieur Jim, il s'est demandé, qui viendrait s'occuper de lui s'il tombait encore plus malade que maintenant ?

... Ludo est rentré chez lui en courant.

Pour ne penser à rien. C'est ce qu'il a trouvé de mieux pour éviter les trucs qui lui donnent des cauchemars. Qui le réveillent en pleine nuit. Lui font penser à des choses qui le terrifient. Comme l'âge de ses parents, par exemple.

Presque celui de Monsieur Jim ! Alors s'ils tombaient malades, eux aussi, et s'ils mouraient qui s'occupera de moi, après ? il s'est demandé plein d'anxiété.

... *Diego, lui, n'a eu qu'un étage à descendre.*

Il n'a pas eu le temps de penser à grand-chose. Il a simplement ouvert la porte de l'appartement, sans la claquer comme il faisait d'habitude, et il est allé s'asseoir près de sa mère sur le canapé-lit du salon, a posé sa tête sur son épaule et lui a chuchoté à l'oreille :

– C'est triste que personne ne vienne jamais le voir.

Dolorès a hoché la tête, l'a serré contre elle et lui a caressé les cheveux (malgré leur désagréable raideur due à l'utilisation abusive de gel *fixation béton*).

Et Diego n'a pas râlé de se faire ainsi décoiffer.

Pour une fois…

Mais il avait un peu le blues, ce soir-là.

Ça explique.

Au 5ᵉ, le mercredi suivant.
La réunion dans la chambre vide...

... a été fixée à 15 heures précises.

Les filles ont prévenu qu'elles arriveraient en retard. Les garçons ont donc commencé sans elles.

Diego a été élu président de séance, à l'unanimité. Comme à chaque fois.

Il a annoncé l'ordre du jour de leur projet plus du tout secret : l'organisation du spectacle de Noël.

Et là, tout le monde s'est mis à parler en même temps. C'était impossible de tout préparer en seulement deux semaines, ce serait complètement nul, personne ne viendrait, ce serait trop la honte, et patati, et patata.

Pour conclure, Ludo a proposé d'abandonner le projet. Ils ont voté à main levée. Résultat : une voix *pour* (Ludo) et trois *contre*. En tant que président, Diego a tenu à rappeler que ce spectacle était le premier dont le comité avait la responsabilité totale et que ça la ficherait hyper mal de ne pas arriver à le monter.

Audrey et Clélia sont arrivées juste après.

Elles ont ronchonné quand elles ont découvert qu'il n'y avait rien de prévu pour s'asseoir dans ce nouveau « local ». Juste le jour où elles avaient mis leurs jupes très courtes et mégaserrées. Elles ont fini par piquer les vestes et manteaux des garçons pour en faire un matelas et elles se sont étalées dessus comme des starlettes de cinéma. En poussant des petits cris, évidemment.

Et la réunion a repris.

Il fallait établir la liste des numéros qu'ils étaient sûrs d'avoir pour le spectacle.

1. La copine de la sœur de Benji, qui joue du violon. Elle a choisi de jouer le *Concerto en la mineur* de Vivaldi. Il dure trois minutes quarante. Ça déchire.

2. Les jumeaux de Mme Nguyen. Ils sont en CE1 et ils font des *battles* de breakdance. Une tuerie.

3. L'oncle de Clélia. Il peint des toiles de cinq mètres de long sur deux mètres de haut en cinq minutes chrono. C'est de l'art contemporain. Impressionnant.

4. Shéhérazade, la petite sœur de Samir. Elle a cinq ans et demi et elle danse comme une princesse des Mille et une nuits. Sur la tête de ma mère.

Et puis... c'est tout.

Un vent de panique a soufflé.

Il en manquait un max !

Diego, en président aguerri, a réagi très vite. Il ne voulait pas laisser le doute s'immiscer dans sa troupe. Il devait répartir les tâches, former des équipes, fixer à chacun des objectifs concrets, leur redonner la niaque !

Les filles ont demandé à être dans l'équipe A : décors et accessoires. OK.

Il a aussi fermement rappelé que ce serait important que, d'ici la fin de la séance, ils aient trouvé le sketch qui ferait le lien entre les numéros. Urgent.

Mais ça faisait des jours et des jours qu'ils cherchaient.

Ça commençait sérieusement à les stresser.

Diego a regardé sa montre. Quatre heures.

Magnanime, il a proposé une pause.

Entre-temps, Jim était revenu de sa séance de soins à l'hôpital et s'était allongé pour se reposer dans la pièce à côté. Juste à ce moment-là, Pépita avait frappé à la porte. Elle voulait voir Jules. Il l'a laissée entrer. Elle a fait plein de bisous et de câlins au chat et elle a proposé un jeu de mime à Jim, comme la dernière fois.

Il a hésité.

Elle a insisté.

Il a accepté.

Donc quand Diego a ouvert la porte de communication, il est tombé sur Pépita, assise au pied du lit avec Jules sur les genoux, riant comme une baleine, en regardant Monsieur Jim, debout au milieu de la pièce qui tentait désespérément de mimer…

- un caméléon réfléchissant au sens de la vie ?
- une poule sous hypnose ?

• ou un réverbère se faisant pisser dessus par un chien ?

En tout cas, il essayait. Tout en économie de mouvements. Avec juste des petits froncements de narines, de légers haussements de sourcils, par-ci, par-là. Pas plus. Concentré et sérieux. Transpirant presque dans cet effort pourtant minimal. Pépita riait aux éclats. Mais son rire ne le gênait pas. Au contraire. Il semblait le porter.

Diego et la bande, qui étaient discrètement entrés dans la pièce, le regardaient. Ils n'avaient jamais vu quelqu'un mimer de cette façon-là, bien sûr.

Enfin, Pépita a crié :
– Un caméléon !

Il a hoché la tête, ravi. Et ils se sont tous mis à applaudir en même temps. Il s'est tourné vers eux, d'un coup, surpris par leur présence.

Et il a salué. Lentement. La main sur le cœur.

Il s'est penché très bas.

Comme au ralenti.

Un temps suspendu…

Drôlement fort, ce moment-là.

Ils l'ont tous ressenti.

Pépita dit...

... Je suis très contente que Monsieur Jim ne soit pas mort à cause des choses que je lui ai données à manger et qui n'étaient plus à la bonne date. Ça aurait été dommage. Parce que maintenant je le connais et je le trouve gentil. Il me fait rigoler.

Dans ma famille, j'ai un grand-père qui ne me fait pas rigoler du tout. Abuelo Juan n'aime pas les enfants. Quand on va chez lui, ça le fatigue tout de suite de nous voir. Il préfère qu'on parte vite.

Ça énerve maman. L'autre grand-père, on ne le voit pas beaucoup non plus, mais lui, c'est parce qu'il part toujours en cure. Il boit trop de vin rouge et il fume des cigarettes. Ses dents sont toutes jaunes. Ça ne donne pas très envie de l'embrasser.

Je sais que papa a honte de lui. Même un jour, je l'ai entendu, il lui a dit qu'il ne voulait plus jamais le voir. Et papy, qui était très saoulé, a beaucoup pleuré.

Mais nous non plus, il ne vient plus trop souvent nous voir, papa. Il a rencontré une fille à son travail, c'est pour ça. Maintenant, il pense à elle seulement.

Et il oublie la date de nos anniversaires.

Diego et moi, on est habitués. Mais maman, ça la rend triste.

Ce serait bien qu'elle arrive à se guérir de lui complètement, on trouve.

Jim dit...

... Ce jeu de mime me prend toute mon énergie. Je ne suis pas habitué à ce genre d'activité physique. Jusque-là, je ne me posais pas de questions. J'étais professeur de mathématiques.

Un métier sérieux.

Pas de place pour le jeu ou le rire.

D'aussi loin que je me souvienne, j'ai toujours pensé que jouer était une perte de temps. Une activité réservée aux enfants, totalement ridicule pour les adultes.

Et là, patatras ! Tout l'édifice s'écroule. Il aura suffi que je devienne muet et qu'une petite fille de huit ans me demande de jouer à un jeu de mime pour que ça me tombe dessus. Je découvre que j'aime le jeu. J'adore ça, même ! Je voudrais pouvoir jouer tous les jours du reste de ma vie. Faire rire. Aux éclats. Et surtout la petite princesse Pépita. Entendre ses cascades de rires. Qui m'aident à oublier la douleur, la peur, ma solitude.

Me rendent léger, léger.

Comme une plume qui s'envole…

Mais avant, il faut que je rattrape tout ce temps perdu à avoir été trop sérieux.

Et trouver une nouvelle façon d'enseigner les maths.

C'est urgent.
Et puis, et puis…
Il faut que je m'allonge un peu.
Ma tête tourne.
L'impression d'avoir fait un cycle complet dans une machine à laver.
Totalement lessivé, le pauvre gars.
Bon. Je dois essayer de dormir maintenant.
Récupérer quelques forces.
Oui, des forces…
Ce traitement est si… fatigant… fatigant… fatigant…

Le lendemain, jeudi soir, après les cours. Réunion exceptionnelle dans la chambre vide...

... à la demande d'Audrey et Clélia.

Les deux filles sont à l'heure, pour une fois. Elles se sont engueulées et ne veulent plus rester dans la même équipe. Clélia veut intégrer l'équipe C (casting et mise en scène) avec Diego. Du coup, Benji va se retrouver avec Audrey en équipe A (décors et accessoires). Il prend l'air ennuyé, mais dans le fond il est ravi. Ça fait des mois qu'il aime Audrey en secret. Diego, lui, est clairement réticent à l'idée de se retrouver avec Clélia. (La plus flemmarde des deux, il paraît.) Il a peur d'être seul à faire tout le boulot. Elle, elle cherche à le convaincre, l'entraîne à l'écart, lui chuchote quelques mots à l'oreille. Quand ils rejoignent les autres, elle a gagné. Il a changé d'avis.

Ludo et Samir sont perplexes. Ils trouvent que les filles compliquent tout.

En attendant, eux, l'équipe B (publicité et restauration), ils ont déjà réfléchi à leur projet.

Ils ont calculé qu'avec une feuille de papier format A4, ils pouvaient faire six invitations, donc avec dix pages : soixante, et avec vingt pages : cent vingt.

Cent vingt invitations ! C'est pas mal, hein ? Ils vont préparer ça, ce week-end, et seront prêts à les distribuer dès lundi.

Et ce n'est pas tout.

Ils pensent qu'il faudrait des affiches aussi. Des grandes ! Pour pouvoir en coller partout dans le quartier. Dans les écoles, à la boulangerie, au tabac, au supermarché, à la pharmacie, aux arrêts de bus, chez le dentiste, à la poste… Vraiment partout.

Alors en haut, ils écriront : le jour, la date, l'heure et l'adresse du collège.

Ensuite, en très gros :
THE BIG SPECTACLE DE NOËL !

Au milieu, ils aimeraient bien trouver un dessin, ils ne savent pas encore quoi. Ils cherchent.

En dessous :
Organisé pour la première fois par le CDSDC

Et là : leurs six noms.

Plus bas :
>*Entrée gratuite*

Et juste en dessous, en plus petit :
>*Participation bienvenue*
>*(la cagnotte des comités de la classe*
>*de Mme Ruffec est vide).*

Le problème, c'est qu'il faudrait de grandes feuilles. Ludo va demander à son père si, à son cabinet d'architecture, il pourrait en prendre quelques-unes. Et surtout s'ils peuvent utiliser la grosse imprimante. C'est pas gagné. Parce qu'avec les notes de maths qu'il a rapportées ce mois-ci, son père est un petit peu à cran.

Ils auront la réponse demain.

Concernant la partie restauration, Samir s'est rappelé qu'il avait un cousin qui faisait des études de boulanger-pâtissier. Il est très fort en fabrication de gâteaux, mais il doit encore s'entraîner pour la présentation. C'est son point faible. Alors peut-être qu'il serait d'accord de donner les gâteaux qu'il rate, au lieu de les jeter. Ce serait parfait pour le buffet.

Il va téléphoner ce soir et lui demander.

Les deux autres équipes ont vraiment la pression, maintenant.

C'est clair. Ils vont devoir mettre la gomme pour combler leur retard.

Il ne reste plus que douze jours.

En partant, Diego a demandé à tout le monde de sortir sur la pointe des pieds, parce qu'il ne faut pas déranger Monsieur Jim qui se repose à côté. Il ne se sent pas très bien en ce moment.

Diego dit...

... ***J'ai proposé à Clélia de passer chez moi*** pour que nous parlions de ce que nous allons faire.

Elle voudrait que demain soir, après les cours, nous allions ensemble au gymnase voir ses copines qui font de la danse rythmique. (Mouais, je ne suis pas très chaud.) Et après, faire un tour au cours de pom-pom girls. Elle dit qu'elles ont des costumes pas poss', bien plus rigolos que les majorettes ! (Ah là, OK. C'est intéressant pour le spectacle.)

Et puis elle trouve qu'on devrait jeter un œil aux ateliers de musique.

Bref, elle a pas mal d'idées. Ça me rassure.

On a un planning très serré ce week-end, tous les deux. Je vais devoir me décommander pour le match de foot de dimanche. Tant pis. Je suis content de passer la journée avec elle, finalement.

C'est bizarre, je ne me rappelle plus pourquoi tout le monde disait qu'elle et Audrey étaient les filles les plus flemmardes du collège. En tout cas, pour Clélia, je suis témoin : c'est pas vrai. Au contraire !

Je la regarde et je me rends compte que je ne la connais pas du tout. En classe, les filles restent toujours entre elles. Nous pareil, d'ailleurs. Et en dehors du collège, on n'a pas trop l'occasion de se rencontrer, Clélia et moi. Elle ne joue ni au foot ni au hand. Et moi, je ne fais ni des claquettes ni du dessin.

C'est dommage. Ça me plairait bien le dessin. On pourrait y aller ensemble. Je m'assiérais à côté d'elle à chaque fois et j'aurais envie de faire son portrait. Tellement je la trouve belle…

En tout cas, c'est une super idée, la parité dans les comités. Il faut que je pense à lui dire, à Mme Ruffec.

M'dame, m'dame, votre idée, elle est très bonne.

Les comités, hyper intéressants.

Et la parité, magnifique !

Euh… merci, madame Ruffec. C'est juste ça que je voulais vous dire, en fait.

Bon. J'espère que ça va bien se passer aussi entre Benji et Audrey.

Ils ont du boulot, avec la déco à prévoir et les accessoires à trouver.

Il est marrant, Benji. Je suis sûr qu'il croit qu'on n'a pas remarqué qu'il était amoureux d'Audrey.

Il nous prend pour des aveugles.

Ou pour des **c**… crétins.

Ah ouais, je n'y pensais plus ! On s'est bien habitués à ne plus utiliser de gros mots. Pas si difficile, ce défi-là, finalement.

Ça aussi, il faudra penser à le dire à Mme Ruffec.

Ça lui fera plaisir.

Travail d'équipe

Équipe A

Benji et Audrey ont squatté la chambre vide de Monsieur Jim pour stocker les accessoires et les éléments de décor et ne veulent absolument pas être dérangés. Ils ont collé sur la porte un carton marqué Défense d'entrer.

Dès la sortie des cours, ils partent en courant et s'enferment pour travailler jusqu'à sept heures et demie au moins. Ils sont contents de leurs trouvailles. Mais ils ont décidé de ne rien montrer aux autres, jusqu'au dernier moment. Ce sera une surprise. Ils ont juste demandé à Clélia et à Diego de trouver des titres pour chacun des numéros, parce qu'ils veulent les écrire sur des panneaux. Pour faire comme dans les films muets.

Ils s'amusent bien, tous les deux.

Équipe B
Ludo et Samir ont collé leurs affiches dans tout le quartier. Impossible de les rater. Et ils ont aussi distribué les cent vingt invitations. Maintenant, ils s'occupent du buffet. Un gros morceau.

Pour le sucré : le cousin de Samir a accepté d'apporter ses gâteaux ratés, à la condition que son nom ne soit pas mentionné.

Pour le reste, ils ont lancé un concours de tartes salées.

Ils ont d'abord fait une enquête auprès de leurs mères et des copines de leurs mères, pour voir si ça pouvait marcher.

Bingo ! Ils ont déjà huit parents d'élèves qui se sont inscrits. Et ils s'attendent à en avoir d'autres. Le gagnant ou la gagnante recevra…

Ils n'ont pas trouvé quoi. Ils y réfléchissent. Et quand ils auront décidé, ils garderont le secret. Ils trouvent ça plus marrant que ce soit une surprise.

Pour les boissons, ils n'ont pas encore de plan. C'est un vrai problème d'avoir zéro euro de budget.

Ludo est de plus en plus anxieux. C'est dans sa nature. Mais Samir trouve que c'est pire que d'habitude. Il essaie de le convaincre d'en parler à sa mère. Elle le soigne à l'homéopathie, d'habitude. Ça marche bien pour lui, les petites granules.

Équipe C

Diego et Clélia ont trouvé le sketch qui fera le lien entre les numéros. Mais ils n'en parlent à personne. Ce sera la surprise. Une de plus !

Sinon, ils ont pas mal de nouveautés. Dont :

• **Un accordéoniste**. C'est le très vieux monsieur qui fait la manche chaque matin, en face de la boulangerie. Quand ils lui ont demandé s'il aimerait jouer dans leur spectacle, il a hésité. Finalement, il a dit qu'il viendrait avec sa femme. Ça faisait longtemps qu'il ne l'avait pas invitée à un gala et elle pourra le guider pour venir. Diego et Clélia ont compris à ce moment-là qu'il était aveugle. Ils n'avaient pas remarqué avant.

• **Deux garçons de la classe qui font du théâtre.** Ils travaillent avec la prof de français sur une scène du *Bourgeois gentilhomme*, de Molière. Un extrait, évidemment. C'est le moment où le Maître de philosophie apprend l'orthographe à Monsieur Jourdain. « ... j'ai à vous dire que les lettres sont divisées en voyelles, ainsi dites voyelles, parce qu'elles expriment les voix... » Ils sont comiques tous les deux. Pour les costumes, ils ont décidé de mettre les vieilles robes de chambre de leurs grands-parents. Nickel.

• **Les pom-pom girls.** Elles préfèrent qu'on les appelle des Cheerleaders, comme en Amérique. Ce sont plutôt des supportrices d'équipes de foot. Là, elles font une exception. Elles vont essayer de trouver des slogans marrants pour le collège. Diego et Clélia en ont demandé un spécial, pour la fin du spectacle. Ils leur ont écrit un petit texte, histoire de donner une idée de ce qu'ils aimeraient.

Madame Ruffec
Jamais à sec
De nouvelles idées
Les comités
Et la parité
Nous ont éclatés
Madame Ruffec
Vous êtes impec
Impec, impec, impec, pec, pec
Impec, impec…

OK, OK, elles ont compris. Elles vont essayer d'améliorer le texte, maintenant.

• Et puis enfin, et là, ils sont trop contents ! ils ont réussi à convaincre **Ludo** de faire son **grand numéro de dompteur de puce !** Très marrant. Il a vu ça un jour dans un film et depuis, de temps en temps, ça le prend. Il pique une paille dans un verre de Coca et hop ! il se met à parler et à encourager une puce imaginaire. Une puce de cirque !

Il lui fait faire des sauts périlleux en avant, en arrière. Elle lui saute sur l'épaule, sur les fesses, sur le nez et il se met à loucher, et puis elle s'énerve, le pique partout, sur les jambes, les bras, dans le dos et il se gratte comme un fou. Il fait ça vraiment bien.

Clélia lui a trouvé un costume. Très classe.

Mais le pauvre Ludo, il s'en veut déjà d'avoir accepté. Il a un trac terrible. Au point d'en avoir la diarrhée.

Samir essaie de le convaincre de rentrer chez lui et de demander à sa mère de lui donner des petites granules. Il trouve que c'est urgent.

Le jour J.
Au 5ᵉ, Jim s'est réveillé…

… très tôt, pour une fois. Il est allé directement dans la salle de bains, s'est regardé dans la glace un moment et a fini par raser les derniers cheveux qui lui restaient.

Maintenant, il sort s'acheter un bonnet. Il voudrait trouver un truc rigolo. Avec plein de couleurs. Pépita a insisté pour l'accompagner. Il a beaucoup de mal à marcher ces derniers temps. Alors elle dit que ça tombe bien : elle a les épaules pile à la bonne hauteur et peut lui servir de canne.

Ils se préparent pour cet après-midi. Clélia et Diego leur ont demandé de jouer dans le spectacle. Pépita a sauté de joie. D'autant plus difficile, donc, pour Jim de refuser. Il a accepté.

Et ils ont trouvé le titre de leur numéro :

Leurs costumes sont prêts.

Il a choisi de porter des chaussettes dépareillées, un pantalon très large et une veste cintrée. Ça lui donne un petit air de Charlie Chaplin.

Et Pépita veut mettre sa robe de princesse, couleur de Lune. Comme celle dans le film de *Peau d'âne*. C'est sa tante Soledad qui l'a cousue pour elle, à Noël dernier. Elle a grandi depuis, mais Dolorès a défait l'ourlet. C'est impeccable. Si elle ne lève pas les bras, on ne verra même pas qu'elle porte des baskets. Elle n'a pas d'autres chaussures à se mettre (à cause du budget trop serré, ce mois-ci).

Le spectacle

Diego, Benji, Ludo, Samir, Clélia et Audrey sont tendus comme des élastiques.
Mme Ruffec frappe les trois coups.
La musique commence.

Et Diego dit…

… Avec juste deux portants à roulettes recouverts de draps blancs, Audrey et Benji ont fait des rideaux.

Ils accompagnent en les cachant les gens qui entrent sur scène, s'écartent chacun de leur côté quand le numéro démarre, comme au théâtre. Ils sont partis deux ou trois fois dans la mauvaise direction, au début, mais ça ne s'est pas trop vu.

C'est vraiment bien, leur truc.

Pépita n'arrête pas de rire. Les spectateurs aussi.

C'est vrai qu'ils sont marrants, tous les deux : ma Pépita, dans sa robe de princesse un peu trop serrée et ses baskets qui dépassent et Monsieur Jim avec sa façon si spéciale de mimer.

Dans le public, les petits enfants crient. Ils se croient à un spectacle de Guignol, et ils essaient d'aider Pépita à deviner les numéros suivants.

Elle ne le fait pas exprès, ça se voit, mais elle devine tout de travers aujourd'hui. Peut-être parce qu'elle a le trac. Du coup, les gens trouvent ça encore plus marrant.

Pendant les sketchs, maman reste à côté de moi.

Au cas où Monsieur Jim aurait un malaise.

Il a l'air très fatigué et s'appuie de plus en plus sur l'épaule de Pépita. Elle nous regarde, un peu perdue.

Qu'est-ce qu'on fait ?

Mais d'un coup, il se redresse.

Et ses yeux se remettent à briller.

À pétiller de joie.

Ça va.

Il est content d'être là.

Il ne veut pas encore sortir de scène.

À la fin du spectacle…

… tous ensemble, on est allés saluer.

Mme Ruffec nous a rejoints. Elle a fait un discours et nous a félicités. Les gens ont applaudi. On était un peu gênés. Maman, en coulisses, a pleuré, parce qu'elle a trouvé ça très très émouvant. Elle est sensible, c'est sa nature.

Comme Monsieur Jim était trop fatigué pour rester jusqu'à la fin de la fête, elle a proposé de le raccompagner. Elle m'a demandé de surveiller Pépita. Et ils sont partis.

Juste après, il y a eu le concours de tartes salées.

On a demandé au monsieur accordéoniste et à sa femme de faire partie du jury. Ils ont accepté. Il y avait douze tartes salées à goûter ! C'est la mère de Ludo qui a gagné. Normal, elle travaille dans un restaurant. Moi, j'ai préféré de loin celle du père de Clélia. Mais c'est vrai que je ne suis pas très objectif en ce moment.

Pour la remise du prix, c'est Samir qui s'y est collé. Ludo avait trop la honte. Parce que le prix, c'était un tablier de cuisine qu'il avait taxé à sa mère. Elle a fait celle qui était ravie de le recevoir. Mais ce soir, en rentrant, ça risque de barder pour lui.

Évidemment, Pépita a mangé trop de gâteaux (très bons, mais très moches à regarder) et ça lui a donné mal au cœur. J'ai eu peur qu'elle vomisse devant tout le monde.

Alors j'ai dégrafé sa robe de princesse trop serrée et je lui ai balancé de l'eau froide à la figure.

Ça lui a vite passé.

J'ai pu retourner m'asseoir à côté de Clélia.

Reprendre la discussion où on l'avait laissée.

J'aime beaucoup parler avec elle.

Dans l'immeuble, arrivés au 4ᵉ...

... Dolorès et Monsieur Jim se sont salués.

Elle lui a demandé s'il avait faim.

— Il me reste de la paella au frigo, si vous voulez.

Monsieur Jim a fait non de la tête.

— Même pas un peu ?

Il a refait non de la tête.

— Vous êtes sûr ?

Il a souri.

Elle aussi.

Ils se sont serré la main.

En refermant la porte de l'appartement, elle a murmuré :

– Euh... je voulais vous dire... le spectacle, vous et Pépita... vraiment très drôle... et très émouvant aussi... Allez, bonsoir Monsieur Jim.

Très lentement, il a fini de gravir les marches jusqu'au 5ᵉ et il est rentré chez lui.

Il a fait quelques pas dans la pièce, mais ses jambes ne le soutenant plus, il s'est laissé tomber sur sa chaise. Qui n'a émis qu'un petit krouiik discret. (Il a beaucoup maigri ces derniers temps.)

Jules s'est approché.

Jim l'a pris dans ses bras, l'a caressé.

Et encore tout *chaviré*, il lui a fait comprendre qu'il était heureux et qu'il avait enfin trouvé sa *voie*.

Jules a cligné des yeux.

C'est un chat qui apprécie beaucoup les jeux de mots.

Et puis Jim a pensé très fort :

D'accord, je n'ai plus un cheveu sur le caillou, mais j'ai repris du poil de la bête, n'est-ce pas ?

Jules a miaulé de plaisir.

Alors Jim a tenté encore plus difficile.

Regarde ma bouche, Jules. Elle ne bouge pas, mais de l'intérieur... je souris !

Énorme ! Jules a grimpé aux rideaux et s'est roulé par terre de joie.

Enfin, Jim s'est levé, lui a ouvert la porte.

Jules s'est frotté contre ses jambes en passant.

Je suis fier de toi, Jimmy.
Merci, Jules. À la prochaine, mon chat.

☁ L'AUTEUR

Barbara Constantine aime le changement. Passionnée par le cinéma, elle en a fait son métier durant plusieurs années en travaillant comme scripte, puis elle a fait de la poterie et maintenant, elle écrit des romans. Elle habite en région parisienne, mais descend souvent dans le Berry pour planter des arbres, des pieds de tomates et des trucs bons à manger, et surtout pour regarder vivre ses chats, Pétunia Trouduc (comme son nom l'indique) et Mimine du Berry (qui a presque 20 ans).

Son dernier roman (pour lecteurs de 10 à 110 ans !), *Tom, petit Tom, tout petit homme, Tom*, a reçu un grand succès et lui a donné envie d'en écrire spécialement pour la jeunesse. Elle aime beaucoup rencontrer ses lecteurs.

☁ L'ILLUSTRATRICE

Nadine Van der Straeten dessine depuis vingt ans. Si son cœur balance entre l'illustration et la bande dessinée, elle aime avant tout raconter des histoires du bout de son crayon.

Depuis ses études à Strasbourg sous la houlette de Claude Lapointe, elle collabore étroitement avec de nombreux magazines et éditeurs pour la jeunesse. Elle réalise également des pochettes de disques et ne déteste pas écrire quelques chansons.

Nadine Van der Straeten vit actuellement en région parisienne.

Retrouvez la collection
Rageot Romans
sur le site www.rageot.fr

Achevé d'imprimer en France en août 2011
sur les presses de l'imprimerie Hérissey
Dépôt légal : septembre 2011
N° d'édition : 5431 - 01
N° d'impression : 117056